KB066485

시인이라는 이름이 아름다운 설미희

언니와 함께

아들과 함께

집필 중_국립중앙도서관에서

이어령 선생의 '序' 전시장에서

박보균 장관님 격려의 말씀_제32회 구상솟대문학상 시상식에서

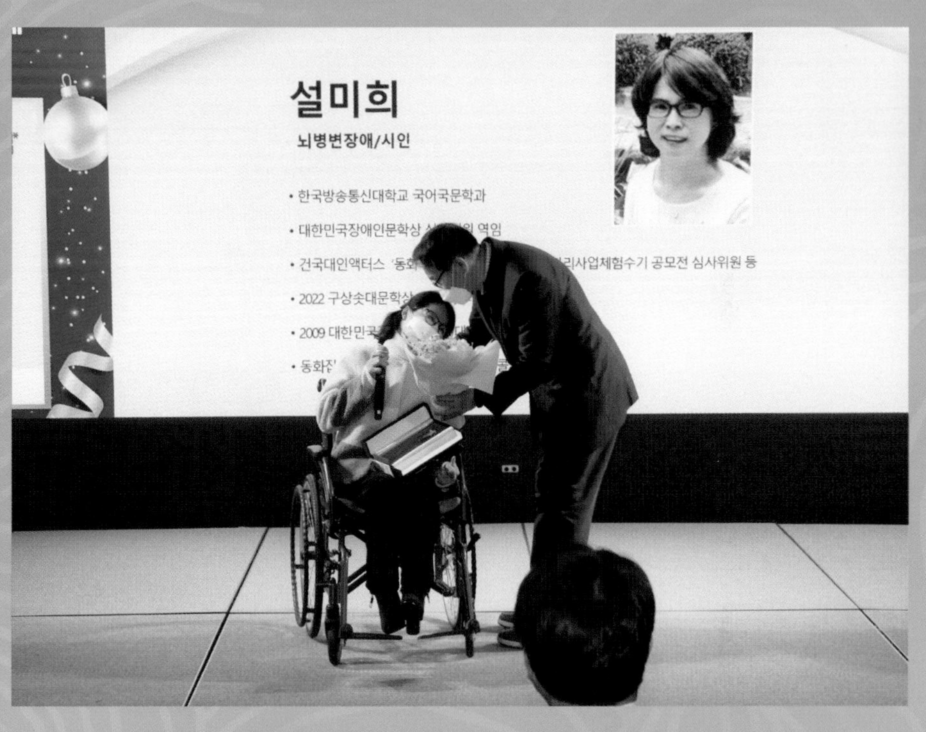


박형배 초등학교 은사님과 함께

박경리 문학관에서

누구 시리즈 19

시인이라는 이름이 아름다운 설미희 – **누구 시리즈 19**
설미희 지음

**초판1쇄 발행** 2023년 11월 1일

**지은이** 설미희
**펴낸이** 방귀희
**펴낸곳** 도서출판 솟대
**등 록** 1991년 4월 29일
**주 소** 서울시 금천구 서부샛길 606, 대성지식산업센터 B동 2506-2호
**전 화** 02)861-8848
**팩 스** 02)861-8849
**홈주소** www.emiji.net
**이메일** klah1990@daum.net

값 12,000원

ISBN 978-89-85863-89-6 03810

**주최** 사) 한국장애예술인협회

**후원**

# 시인이라는 이름이 아름다운 설미희

설미희 지음

'괜찮아!' 하는 여유로움과 밝음으로 홀로서기하다

# 봄처럼 살고 싶어요

봄이다. 전동휠체어를 타고 오랜만에 단지 내 공원을 갔다. 몽글몽글 피어나는 꽃잎이 여기저기에서 말을 걸어왔다.

-겨우내 잘 견디고 싱그러운 모습으로 다시 봐 좋네.-

자연의 순환에 따라 어김없이 봄이 왔으니 이 얼마나 감사한지 마치 첫사랑 앓이를 하는 소녀가 된 것 같았다.

〈누구 시리즈〉에 이야기를 쓰면서 새롭게 느낀 것은 부모님에 대한 사랑이었다. 지금도 그렇지만, 어린 시절에도 제 이야기를 가족에게 구구절절하지 않았다.

일찍 세상을 떠나신 아버지 대신 가장으로 일을 하고 늦게 들어오는 어머니가 불쌍해 보였는데, 어리광까지 받아 달라기에는 죄송한 마음이 들었다.

세상의 놀림에 상처 덜 받고 스스로 지키는 방법은 되도록 눈에 띄지 않게 사는 것이라는 생각을 어린 나이에도 터득했던 것 같다. 그런데 아들을 낳고, 이만큼 살아 보니 비로소 알 것 같다. 불편한 막내딸이 '엄마 마음 아파할까 봐!' 내색 안 하고 더 밝게 웃는 모습을 보면서 '떼쓰며 울지 그럼 이 몹쓸 것 하면서 회초리라도 들었을 텐데….'

어머니에게 더 아픈 불효를 했었던 것 같다. 어머니는 걱정을 안 한 것이 아니라 오히려 제 눈치를 보며 살얼음 같은 삶을 살다 가신 것이라고 깨닫게 되었다. 어머니가 이승을 떠난 지 만 5년이란 세월이 덧없이 흘러갔다. 그동안 우여곡절 일들이 많았지만, 부모님의 좋은 유전자를 물려받아 이렇게 문학의 뜰에 안착해 나름 글과 벗하며 잘 살아가고 있는 것 같고, 이제라도 천국에 계신 어머니에게 태어나게 해 주고 키워 주셔서 감사했다고 고백하게 되어 한없이 기쁘다.

어느 봄날

움트는 작은 꽃망울이 봄바람에 오들오들
떨고 있는 모습이 가여워
그저께 밤에는 눈물이 났습니다

흰색의 봄
노랑의 봄
분홍의 봄이 너무 예뻐서
어젯밤에도 눈물이 났습니다

주체 없이 흔들어 대는
바람이 얄미운 오늘 밤에는
한 잎 두 잎 떨어지는 꽃잎이
아까워 보여서 눈물이 납니다

2023년 어느 봄날… (어머니를 생각하며)

松下 설미희

차례

박보균 장관님 격려의 말씀_제32회 구상솟대문학상 시상식

## 2022년 구상솟대문학상 수상

…

'2022년 장애예술인 활동을 정리하는 소박한 자리에 가장 의미 있는 두 컷은 솟대문학상 수상자 설미희 시인의 시낭송을 감상하신 문화체육관광부 박보균 장관님이 자발적으로 무대로 올라오셔서 청년 시절 시인이 꿈이었다며 설미희 시인의 시는 마음을 움직이는 힘이 있어서 큰 시인이 될 것이라는 격려의 말씀을 주시는 모습이었다. 또한 설 시인 초등학교 담임 선생님이 시인으로 성장한 제자를 위해 꽃다발을 들고 무대 위로 올라오셨다. 모처럼 훈훈하고 감동적인 시상식이었다.'

윗글은 방귀희 회장님께서 SNS에 올린 글 중 발췌한 것이다.

2022년 12월 22일 오후 6시, 동대문 노보텔 앰배서더 그랜드볼룸에서 '장애예술인 활동 대중화를 위한 장애인예술 3대 사업 발표 및 2022년 장애예술인 송년 큰잔치'가 열렸다.

문화체육관광부 박보균 장관님을 비롯해 귀한 내빈을 모신 영광

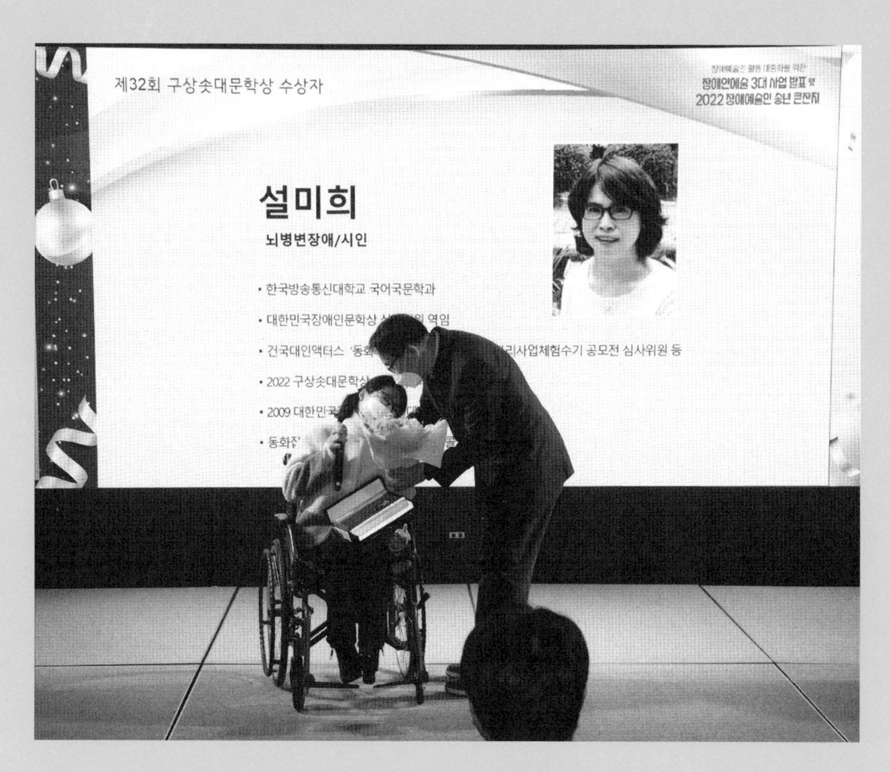


박형배 초등학교 은사님과 함께

스러운 자리에서 제32회 구상솟대문학상을 받았다.

무대 위에서 수상작인 〈친밀한 타인〉을 낭송하는 동안 아무것도 보이지 않고 아무 소리도 들리지 않는 허공에 둥둥둥 떠 있는 마음이었다. 시상식이 진행되고 떨리는 목소리로 소감을 말씀드리면서 제대로 이야기를 하고 있는지 머릿속이 하얘지는 순간, 초등학교 박형배 은사님이 꽃다발을 들고나와 옆에 서시고, 이내 박보균 장관님께서 무대 위로 올라오셔서 격려의 말씀을 해 주셨다.

삶이란 누구에게나 평탄하지 않고, 좀 더 나은 인생길 위해서 선택의 순간을 해야 하듯이 40대 이후 홀로서기 하면서 경제적으로는 어려웠지만, 마음만은 여유롭게 살고 싶어 문학을 벗하게 되었으며 한 글자 한 글자 희망을 새겼다.

〈친밀한 타인〉은 장애인자립생활센터에서 근무할 때, 오토바이 사고로 중도 장애인이 된 이용자를 상담하면서 그 내담자의 마음이 어떨지(?) 헤아리며 써 보았던 시다.

## 친밀한 타인

눈을 떴다
온 우주에 손가락 하나
까닥할 수 없는
몸만 둥둥 떠 있다
유일하게 감각이 살아 있는
이 잔인한 귀도 눈을 뜬다

지금은
남의 손이 아니면
소변조차도 뽑아낼 수 없는 몸뚱아리

알람 소리에
감정 없는 기계적인 메마른 손길이
아랫도리에 관을 꽂는다

바우처 카드 720시간
늙은 여자가
친절하게 바코드를 찍는다

연명을 위해
얼마의 돈이 필요해서
소변 줄을 꽂아 주고 있을까

집 안 가득
소변 줄을 타고
아직 살아 있다는
존재의 냄새가 난다

'2022구상솟대문학상' 수상자가 된 것은 꿈같은 일이다.

앞으로 '구상솟대문학상' 수상자로서 자부심과 책임감을 가지며 선한 마음으로 배움을 멈추지 않고 정진할 것이다.

## 빨간 장난감 바구니

…

"미희야! 어서 받고 집에 가자."

"싫어요. 싫단 말이에요."

"엄마, 할아버지 저녁도 해 드려야 하고, 배 시간도 맞추어야 하잖아. 빨랑 지압 받자."

뒤도 안 돌아보고 사천시 삼천포 수산시장이 훤히 내려다보이는 3층 건물 창문 난간을 잡고 있던 예닐곱 소녀가 오늘따라 생각이 많이 난다. 그 예전 지압, 지금으로 이야기하면 물리치료이겠다. 나는 다섯 살이 될 때까지 걷지 못하고 손가락도 펴지지 않았다. 일주일 몇 차례 엄마 등에 업혀 섬에서 배를 타고 뭍으로 나가 침술과 지압을 받았었다. 그리고 할아버지께서 방에 빨랫줄을 쳐 놓고 저녁마다 일으켜 세워 걸음 연습을 시키는 것이 하루의 끝맺음이었다.

여섯 살이 되던 해, 엄마는 부엌에서 설 음식을 장만하였고, 언니 오빠는 할아버지가 무서워 책상에 앉아 있었다. 그런데 할아버지의

박장대소가 울려 퍼지자 엄마는 오빠에게 할아버지 방에 가 보라고 하였고, 이내 오빠도 밝은 모습으로 부엌으로 달려갔다.

"엄마! 미희가 걸었어요. 줄도 안 잡고 혼자서 걸어요."

그해 설은 인사 오는 사람들 앞에서 줄 안 잡고 서서 한 발짝 한 발짝 걷는 손녀를 자랑한다고 할아버지 얼굴이 봄꽃처럼 활짝 피었을 것이다. 할아버지의 걸음마 연습 덕분으로 다리에 힘도 생기고, 잘 넘어지기는 했지만, 생활하는 데는 별 지장을 못 느끼며 살았다. 그런데 엄마는 막내딸에 대한 희망의 끈을 놓고 싶지가 않았는지 풍문으로 듣고, 좋다는 곳은 다 찾아다니며 치료에 전념하셨다. 하지만 지압원에 가는 것은 정말 싫었다. 팬티만 입혀 놓고 지압을 받는 것이 어린 마음에도 수치스러웠고, 온몸에 침을 꽂는 것도 아프고 싫었다.

추운 겨울 바닷바람을 타고 치료를 받으러 갔었다. 그날도 아침부터 입이 댓 발 나온 울상인 얼굴, 여전히 지압원 창문에 딱 붙어 떨어질 생각조차 안 하고 엄마와 선생님의 달래는 소리에도 아랑곳하지 않았다. 그러다 창문 아래로 어떤 여자아이가 분홍색 소꿉놀이 바구니를 들고 엄마 손을 잡고 걸어가는 모습이 눈에 들어왔다. 눈이 번쩍 뜨였다. 그리고 엄마를 불렀다.

"엄마! 저기 저 아이가 들고 있는 거 사 주면, 지압 잘 받을게요."

고등학교 교정에서

엄마는 나를 업고 온 시장을 다 돌았다. 그런데 빨간색은 있어도 그 애가 들었던 분홍색은 없었다. 시장을 돌고 또 돌았다. 바다에서 불어오는 세찬 바람이 엄마를 무척 춥게 했을 것이고, 나를 업은 엄마의 등은 봇짐을 진 것처럼 무거웠을 것인데 엄마는 힘들다는 내색도 하지 않았다. 그리고 한 바퀴 또 돌았다.

'엄마가 힘들겠다.'는 생각이 그제야 들었다. 순순히 빨간색을 사고 얌전히 지압을 받았던 생각이 난다. 엄마를 비롯해 손녀딸이 한 발짝 떼었다고 좋아하셨던 외할아버지, 그리고 동생이 빨랫줄을 안 잡고도 걸었다며 기쁜 마음으로 엄마에게 전해 주었던 오빠도 이 세상에 없지만, 당신들의 희생과 사랑으로 지금이 있는 것 같다.

## 소꿉놀이

예닐곱 섬 꼬마
우붇가에서 조개껍데기
꿈을 담아 소꿉놀이한다

언니 오빤 학교에 가고
엄만 장날이라 톳나불 팔러
장에 가고 없다

재 너머 사는 아가 밴
아줌마 물동이 이고
광주리 엎어 놓은 것 같은
배를 쑥 내밀며

한 손은 물동이 잡고
한 손은 허리 받치고
가는 모습이 신기해 보였던지
우물가 맴돌며 까르륵 웃는다

장날이라
물 뜨러 오는 사람이 없다
섬 꼬마 소꿉장난한다
우물가 텃밭에서
노란 배추꽃으로 꽃밥 짓고
도랑 미나리 꺾어 파란 반찬 만들고
조개껍데기에 담아 진수성찬을 차려놓는다

이건… 햇님꺼
이건… 달님꺼
이건… 별님꺼

## 섬 이야기

...

어린 시절 추억하는 것이 참 맛있다. 자그마한 '늑도'라는 섬에서 태어난 소녀는 바다를 항상 그리워하고 사랑한다. 마치 엄마의 품속처럼 포근한 그 시절을… 섬의 봄은 들판, 지천으로 잘 자라는 쑥으로부터 시작된다.

언니 오빠가 학교에 가고 없는 시간은 홀로서기의 시간이었다. 흰둥이랑 놀다가 싫증이 나면, 부엌으로 가 날이 무딘 과도와 작은 바구니를 끼고 능선을 따라 종종거리며 들판에 갔었다. 푸르른 그곳에는 쑥과 더불어 할미꽃이 드문드문 피어 보랏빛 꿈을 꾸게 해 주었다.

섬의 여름은 변화무쌍한 날씨와 더불어 놀 거리가 많은 파란색의 나라였다.

파도가 잔잔한 여름 바다에 아이들이 멱을 감고, 모래사장에 집 지어 가며 놀았다.

친구들과 함께_20대 중반

"두껍아 두껍아 헌 집 줄게 새집 다오."

햇살이 중천으로 달구어지면, 누가 먼저라 할 것 없이 몸을 일으켜 바다로 뛰어들었다. 첨벙첨벙 얼마나 시원한지 신나게 놀다 보면, 입술도 파래지면서 몸속까지 진저리가 쳐지고 배가 고파 왔다.

바다 위가 초등학교, 학교 위가 바로 우리 집이었다. 언니와 나는 아이들을 데리고 집으로 가 먹을 것을 찾았지만 아무것도 없었다. 마침 텃밭에 보라색 가지가 탐스럽게 열린 것이 보였다. 정말 먹고 싶은 마음에 그만 아이들과 손을 대고 말았다. 꿀맛이었다. 지금 생각하니 다 자라지 않아 여린 맛으로 더 부드럽고 맛이 좋았던 것 같다.

그날 늦은 오후, 언니는 책상에 앉아서 다른 날보다 공부를 더 열심히 하고 나는 혼날까 봐 엄마의 심사를 살피며 말 잘 듣는 여우 한 마리가 되어 엄마 뒤를 종종거리며 따라다니고 있었다.

엄마는 아무 말이 없었다. 아마도 도회지 사람들이 놀러와 '서리를 해 갔나!' 그렇게 생각했었는지 정말 이 사건은 조용히 넘어갔다. 잊어버린 빛바랜 추억이 슬며시 생각이 나 빙그레 미소 지어 본다.

여름 바다는 며칠씩 계속되는 폭풍도 있었다.

어른들은 근심 어린 말씀을 하셨지만, 하룻밤 자고 일어나 아침 일찍 언니랑 바다에 가 파도에 떠밀려 온 우뭇가사리를 줍는 것이 행복한 순간이었다. 우뭇가사리를 주워 오면, 엄마는 깨끗하게 씻어 채반에 펴 말렸다. 꼬들꼬들 마르면, 가마솥에 물과 함께 넣고 푹 삶았다. 그리고 채반에 받쳐 허물어진 우뭇가사리와 액을 분리

서로가 친정인 언니와 함께

했다.

그릇에 담아 뜨거운 액을 식히면, 투명색 묵이 되었다. 콩물을 내어 간을 하고 시원하게 후루룩 마시면, 그 맛이 바로 그리운 울 엄마의 손맛이었다.

개구리 우물도 생각이 난다. 이 우물에는 정말 개구리가 많이 살았다. 그래서 식수로는 사용을 안 했던 것 같다. 아이들이랑 바다에서 멱을 감고 몸을 닦으러 그곳으로 가서 개구리랑 또 한바탕 장난을 치며 놀았다.

울긋불긋 섬 가을도 예뻤다. 일요일이면, 종일 언니 오빠를 따라 산에서 놀았다.

겨울나기를 위해 갈고리로 잔디를 긁던 오빠의 모습이 생각이 난다. 언니랑 장난을 치며 놀다 목이 마르면 오빠에게 이야기했고 오빠는 할아버지를 따라 선산에 자주 와서 그런지 칡넝쿨이 어디에 있는지 한 번에 찾아내어 먹을 만큼 칡을 캐어 왔다.

바다가 내려다보이는 바위에 앉아 섬 산에서 먹는 신선한 칡 향기는 아마 구운몽에서 성진의 마음을 혼미하게 만든 팔선녀의 꽃 내음과 흡사하지 않을까 생각해 본다.

따뜻한 남쪽 섬에도 겨울은 왔다. 마당 가장자리 큰 감나무에는 까치 먹으라고 몇 알의 대봉감이 매달려 있었다. 섬에 살았던 동안 눈은 한번도 보지 못했다. 춥다고 생각이 든 날 아침에 나가 보면, 전날에 물을 부어 놓은 절구에 얼음이 얼어 있어 언니랑 좋아서 팔짝팔짝 뛰었다. 아침을 먹고 한낮이 되면 녹아 있는 얼음을 꺼내 둘이서 장난을 치며 갖고 놀았다.

예닐곱이던 기억에도 이렇게 고향을 그리워하는데, 네 살 위인 언니는 얼마나 많은 그리움을 안고 사는지 다음에 만나면 한 번 물어봐야겠다.

아이들과 놀면서도 코알라 어미처럼 언제나 날 업고 다녔던 언니, 그 무게에 다른 아이들보다 몇 발자국 늦게 뛰었던 언니, 어릴 적 추억이 너무나도 소중한 그리움이 되어 이렇게 글을 쓰고 살아가는 삶이 되었나 보다.

## 그 섬(島)에 가고 싶다

바다와 하늘이 맞닿은 곳
통통배를 타고 물보라를 일으키며
살았던 그곳

어머니는
따가운 가을 햇살 맞으며
부둣가에 앉아 구멍 난
삶 엮느라 여념이 없고

배곯은 어린 자식은
풀피리 불며
구름 둥실 떠 있는 하늘 위
동그란 뭉게구름 보며
입맛 한 번 다시며 웃고

등대가 있던
어릴 적 뛰어놀았던
그곳
그 섬에 가고 싶다

## 엄마! 이곳이 서울이에요?

···

유년 시절은 바다가 친구가 되어 주어 장애의 큰 불편함 없이 행복했다. 작은 체구이지만, 초등학교도 여덟 살 제 나이에 들어가 적응 잘하며 다녔다. 그런데 외할아버지가 이승의 끈을 놓으면서 엄마는 섬 생활을 정리하고 상경을 결심하셨다.

초등학교를 입학하고 한 달 만에 전학을 한다는 것도 두려웠지만, 섬을 떠나면 다시는 바다를 볼 수 없을 것 같은 마음이 들었다. 섬에서도 언니 오빠랑 같이 놀지 않으면, 다른 아이들하고는 놀지 못했는데 서울에 가면, 고학년이 되는 언니하고는 같이 놀 수 없겠다는 생각이 들었다.

4월 어느 날, 복사꽃이 흐드러지게 피어 있던 섬의 봄을 뒤로하고 통통배를 타고 삼천포 부둣가에 내렸다. 그리고 진주 기차역에서 서울역으로 향했다. 어둠이 아직 가시지 않은 새벽부터 상경은 시작되었고 긴긴 시간 기차 안에서 서울에 대한 꿈을 나름 키우기도 했다.

엄마와 함께_목도 잘 가누지 못하고 잘 넘어지던 어릴 때

지금은 KTX로 몇 시간이면 서울역에 도착하지만, 그때는 엄청 오랜 시간을 기차 안에서 보냈다. 서울역에 내려 남산 야경을 보며 '아! 서울은 이렇구나!' 하면서 어리둥절했다. 마중 나온 오빠와 함께 택시를 타고 오빠의 자취방으로 갔다.

택시는 점점 화려한 불빛을 뒤로하고 어둡고 좁은 길을 따라 달렸다.

마포 대흥동 여러 가구가 한 마당을 공유하며 사는 판잣집 그중 방 한 칸 새로운 환경에 대한 큰 충격과 밤바다 섬 고향 집이 그리워 식구들 모르게 눈물 흘리며 잠들곤 했다. 그리고 서울 학교로 전학 통지서를 들고 갔었는데, 언니는 반을 배정받아 전학이 되었지만, 체구가 작고 장애가 심하니 좀 더 몸짓이 커지고 장애가 좋아지면, 재입학을 하라고 여교장 선생님이 직접 이야기를 하셨다. 그렇게 그렇게 몇 년 입학 거부를 받았고, 집에서만 지내다 보니 섬에서 자유롭고 밝았던 마음이 닫히고 조잘조잘 이야기했던 입까지 다물게 되었다. 언니는 서울 생활이 신나 함께 노는 시간이 점점 줄었고, 엄마와 오빠는 생계를 위해 아침 일찍부터 나가 어둠이 내리면 돌아왔다. 아버지가 돌아가신 후 오빠는 학업을 중단하고 먼저 서울에 올라와 가족들의 생계를 위해 직장 생활을 하고 있었다.

친구도 없는 서울 생활은 나날이 외로웠다. 아이들이 놀려도 식구들에게 표현할 수 없었다. 어느 날, 바다가 무척 그리워 한강이 가깝다는 소리를 듣고 물어물어 찾아갔다. 다리에 힘이 없다 보니 한 발짝 두 발짝 가다 넘어져도 또 일어나고 그렇게 마포대교 위에서 바라다본 한강은 고향 바다를 그리는 마음을 시원하게 풀어 주었다. 그 후 아이들이 놀리는 날이면, 언제나 마포대교 위를 걷고 걸었다. 한번은 엄마보다 더 늦게 집에 들어간 적이 있었다.

어두워지는데도 안 들어오는 나를 걱정한 엄마는 동네 어귀에 나와 있었다. 넘어지면, 일어나 걸어오는 나를 보고 엄마는 달려와 업으면서 혼자 어디를 갔다 오냐고 물었다.

엄마는 지청구하지 않고 말없이 꼭 안아 주었다. 그리고 검은 딱지가 앉은 무릎 위로 또 피가 맺힌 곳에 빨간 약을 발라 주면서 말씀하셨다.

"미희야! 혼자 다니면 위험하니까 다음부터 엄마한테 이야기하고 같이 가자."

그 후부터 엄마가 걱정할까 봐 한강 보러 가는 것도 하지 않았다. 매년 초등학교 입학 통지서는 날아오고, '학교는 가 봤자 또 되돌아오겠지!' 그래도 엄마의 손을 잡고 학교 입학을 위해 갔었다. 여덟 살이나 열한 살이나 키와 몸무게는 비슷하고 걷는 것도 별반 나은 것도 없었다. 돌이켜 생각하면, 먹고살기 힘든 형편인데도 포기하지 않고 학교를 보내 준 엄마의 큰마음이 그저 감사하며 오늘이 있는 것 같다.

열한 살 그해의 2월은 따뜻했다. 같은 학교, 예전과 똑같이 교장 선생님의 특별 면담을 했는데 새로 부임하신 교장 선생님은 작다는 말씀도 장애가 심하다는 말씀도 하지 않고 머리를 쓰다듬어 주면서 '학교 조심히 잘 다니렴!' 하고 말씀해 주셨다.

그 말씀이 아직도 귓전에 생생하며 가슴이 먹먹해진다. 2023년 2월 어느 날, 뉴스에서 장애인 특수학교 입학도 장애 정도를 봐 입학 여부가 결정되고 있다는 장애인 아동을 둔 예비 학부형의 애타는 마음을 들은 적이 있다. 그런데 어린 그 시절 특수학교가 있다는 것도 몰랐고, 사회생활의 첫 기반을 다지는 유일한 곳인 초등학교를 갈 수 있게 되었다는 것만으로도 행복한 일이었다. 그 어려운 시절 끝까지 포기하지 않고 초등학교를 입학시켜 준, 지금은 돌아가신 그리운 엄마!

"우리 미희 잘 살아 줘 고맙다."

당신의 목소리가 들리는 듯하다.

진주

목놓아
울 수 없었다
딱딱한 껍질 속
생살을 파고드는 눈물
특별한 은총으로 잉태되는
숙명을 품어야만 했다

## 고운 선생님 그리고 친구! 안나 수녀

…

초등학교 3학년 때였다. 3월, 새 학기 시작 며칠이 지났다. 선생님이 교실 문을 열고 들어와 교탁 위에 출석부를 놓고 다정하게 불렀다. 그리고 서류를 주면서 6학년 교실로 심부름을 다녀오라고 하였다. 내게 심부름을 시키는 선생님이 좋아 방긋방긋 웃으며 1층에서 4층까지 계단을 오르내리면서 힘든지도 모르게 다녀온 적이 있었다.

힘들게 초등학교 입학은 하였지만, 늘 혼자였다. 지각할까 봐 혹여 선생님에게 지청구를 들을까 봐 학교도 제일 먼저 가고, 준비물도 잘 챙겨 갔다. 세월이 갈수록 눈치만 늘어났고, 어찌하면 아이들 놀림을 덜 받을지 생각하며 무리지어 노는 애들을 피해 다니는 것이 놀림을 덜 받는다는 것도 터득했던 것 같다.

그 시절은 지금처럼 사회복지 및 장애인 인식개선을 논할 수 있는 사회가 아닌 터라 가정이 책임을 지고 오롯이 개인의 문제이며 견디고 버텨야만 살아남을 수 있는 사회였다.

선생님과 함께_과천대공원 백일장에서

안나 수녀와 함께

선생님 심부름을 다녀온 후, 아이들과 급속도로 친해졌고 심지어 잘 뛰지도 못하는데도 고무줄놀이할 때 깍두기로 끼워 주기까지 했었다. 그리고 친구 박미숙을 만났다.

미숙이는 일생일대 처음으로 사귄 친구이며 손을 잡고 나란히 걷기도 하고 서로의 집에 놀러 가기도 했다. 미숙으로 인해 초등학교 1, 2학년 때와는 전혀 다른 학급 생활을 했다.

미숙이의 꿈은 수녀님이 되는 것이었다. 내 장애를 있는 그대로 인정해 주었으며 항시 곁에서 챙겨 주었다.

미숙이는 그 어린 나이에도 꿈이 확실했으며 사랑의 마음으로 나를 보듬어 주고 한결같이 지지해 주었다. 마치 어린 천사 수녀님처럼….

이 친구가 우리 집에 처음 놀러 왔을 때 드러내 놓고 표현하지 않았지만, 수동적인 학교생활과 다르게, 느리지만 스스럼없이 집안일 하는 것을 보고 심히 놀랐을 거라 생각한다. 어느 한 사람도 제게 집안일을 시키는 가족은 없었지만, 동네 아이들과 놀 수가 없으니 집안 정리 등등 하게 되었고, 또 엄마가 저녁 늦게 들어와 당신 할 일들이 줄어들었다며 행복해하는 모습이 보기 좋아 하나둘 찾아 놀이로 했었던 같다.

장애인으로서 학교생활에 적응한다는 것은 예나 지금이나 참 어려운 것 같다. 그래도 복지혜택 하나 없었던 그 사각지대에서 좋은 선생님을 만났고 더불어 미숙이를 만났으니 신의 축복을 받은 것이었다.

이 글을 쓰고 있으니 잊고 있었던 옛 기억이 새록새록 생각이 난다. 선생님의 따스한 관심이 받고 싶어서 모양 자를 대고 글씨를 일일이 그려서 몇 시간 동안 숙제를 해 간 적도 있었다. 욕심내지 않고 살았다고 자부했었는데 아닌가 보다. 되돌아보니 사랑받고 싶은 마음이 있었나 보다.

선생님께서 심부름을 보내 놓고 나서 아이들에게 무슨 말씀을 하셨을까? 아들을 키우면서, 엄마의 장애로 인해 초등학교 입학을 하고 얼마간 놀림 받았을 때 내 예전 학교생활을 떠올리면서 '아!' 하고 그제야 깨달았었다.

성함은 기억나지 않지만, 참 고운 선생님이었다는 기억 그리고 그분의 깊은 배려로 일생을 종교인으로 사는 친구를 만났으니 이 얼마나 감사한지 모르겠다.

## 선물 같은 사람아

세상 앞에 무릎 꿇어야 했고
한없이 작아져야 했을 때
위로가 되어 준 사람

무엇 하나라도 나누며 살고
누구에게도 선뜻 손 내미는
따뜻한 마음으로 다가온 사람

너는 언제나 그곳에
선물처럼 있는데
가녀린 나는
네게로 가는 길이 왜 이리
가파르고 멀기만 하니

## 펜팔

...

클래식 음악과 함께 이 밤이 참으로 아름답다. 다시 그 옛날 청순했던 소녀로 돌아간 것 같다.

길가에 구르는 나뭇잎만 보아도 까르륵 웃던 그 시절, 긴 생머리 하얀 얼굴에 빨간 줄 테두리 안경을 끼고 세라복 입은 새침데기 소녀가 학교 운동장 벤치에 얌전히 앉아 있었다.

운동장에선 체육 선생님과 친구들이 발야구를 하고 한 번씩 선생님은 소녀 쪽을 보며 손을 흔들어 주었다. 고등학교 다닐 때는 복장 자유화를 하였기에 본인 개성에 맞게 옷을 입었고 소녀는 미적 감각이 뛰어난 언니 덕분으로 깔끔하고 귀엽게 입고 다녔다.

초중학교 생활과는 다르게 고등학교 시절은 푸르른 소나무 아래 그늘에서 쉬는 것처럼 눈치도 안 보며 한결 자유로운 마음으로 학교생활을 했었다. 유달리 총각 선생님들이 많아 학교 분위기는 무슨 날만 되면, 꽃으로 교탁이 장식되었고 교탁 바로 앞줄이 소녀의

복지관 장애인 친구들과 함께

자리이다 보니 선생님들과의 거리는 가까웠다. 시험을 보고 난 후, 답을 맞히는 날이면 소녀의 시험지는 선생님들이 가지고 가셨다.

윤리 선생님과 국어 선생님을 좋아했었고, 학생과 주임 선생님은 수업을 마치고 꼭 교무실에 내려와 눈도장을 찍고 하교하라고 하였었다. 초등 4학년 때, 공부 잘하는 권희선이라는 친구가 있었다. 선생님은 "왜? 미희랑 노니." 대놓고 말씀하셨는데, 고등학교 생활은 정말 신기했었다. 88패럴림픽을 준비하는 과정에서 장애인에 대한 인식이 좋아져 그런 것도 있었겠지만, 따듯하고 좋은 선생님들을 만난 복인 것 같다. 소풍도 갔었고, 심지어 수학여행 때 선생님의 손을 잡고 다녔었다.

그런데 고2… 2학기 장애의 벽은 높았고 '꿈은 다 부질없는 것이구나!' 생각하며 입을 다물어 버렸다. 왜? 그랬는지… 왜? 공부도 놓아 버리고 장애인 단체를 찾아다니며 마음을 달랬는지… 그리고 장애인은 배우나 안 배우나 뭐 그리 차이도 없는 세상이라고 생각했었다… '겉으로는 밝은 척하면서 속은 텅 빈 강정처럼 외로움을 타서 그랬나?' 하는 생각을 해 본다.

재미있는 옛 생각이 난다. 좀 부끄럽지만, 한때는 아름다운 추억이었으니 이야기를 풀어 본다. 친구들은 미팅을 자주 나갔고, 주된 대화가 이성에 대한 것이다 보니 조금씩 친구들과 거리감이 생겼었다. 고2 깊은 가을, 미용실에서 학생 잡지를 보다가 눈에 확 들어왔던 펜팔 구인 지면을 보았다. 머뭇거리다 용기를 내어 제일 멀다고 생각한 곳을 택해 주소를 적었다.

필체가 안 이쁘다 보니 그래도 잘 쓸 수 있는 자세를 취하고, 오랜 시간 편지 한 통을 써 학교 가는 길에 우체통에 과감하게 넣었다. 그 후 일주일 뒤에 답장을 받았다. 한 학년이 위였기에 주된 이야기가 입시에 관한 이야기였고 장애에 대해 자세히 언급하지 않았지만, 힘내라면서 힘든 삶을 사는 장애 친구들의 이야기를 많이 써 보냈었다. 제 깐에는 눈치채라고 보냈었는데, 그 친구는 전혀 눈치 못 채는 것 같았다. 그리고 그 학생은 대학 입시를 보고 겨울방학을 맞이하였다.

어느 일요일 오전 대중탕을 다녀왔다. 개운한 마음으로 집에 와 보니 분위기가 이상하였다. 오빠는 마루에 앉아 마냥 웃기만 하고, 엄마는 부엌에서 나오더니 다짜고짜 야단을 치며 등을 한 대 내리치셨다. 소녀가 없는 사이 남학생들 서너 명이 찾아왔다고 하였다. 그만 얼굴이 빨개져서 방으로 도망치듯이 들어갔고, 엄마의 지청구는 한동안 지속되었다.

소녀는 그 사건 이후부터 대면이 아닌 전화상으로 사람들과 이야기를 하게 되면, 장애를 먼저 알리는 습관이 생겼다. 또한 그 후부터 펜팔을 다시는 안 했다. 그리고 이성에 관심도 가져서는 안 되는 줄 알고 마음을 굳게 닫아 버렸다. 수채화 같은 이런 시절도 있었다. 추억은 나이와 상관없이 그대로 머물러 있는 것 같다. '그땐 그랬었지!' 하면서….

## 가을 편지

기다리는 소식은 언제나 올지
또 하루가 저물고
석양이 짙게 내린
하늘 보며
괜스레 일렁이는 마음

당신 잘 있는지

그리움은
가을 낙조의
가슴 시림을 닮았는지

어느덧
빛바랜 추억으로 남아
그때
다 못한 마음

한 글자 한 글자
새겨 보아요

## 20대 중반 장애인 복지카드를 만들면서

…

88올림픽이 성공적으로 개최되고 89년 5월 송파구 방이동으로 이사를 했다.

그 사이 오빠보다 언니가 먼저 결혼했으며 많은 변화가 일어났다. 주거환경은 좋아졌지만, 넓은 집을 닦고 정리하는 것이 일과가 되었다. 오빠도 결혼하면서 조카가 태어났고, 가족들은 새벽에 나갔다 이른 오후에 들어오는 생업을 하니 어린 조카 돌보는 것도 점점 내 몫이 되어 버렸다. 가족에 대한 애정이라기보다 당연히 할 일이라 생각하며 한 번씩 연락 주는 친구들의 퇴근 시간에 맞춰 외출하는 것을 유일한 낙으로 여기며 살았다.

1991년 6월 14일, 장애인 등록일자다. 그전까지는 장애인 등록증이 있는지도 모르는, 비장애인도 아니고 장애인도 아닌 어정쩡한 삶을 사는 그야말로 아웃트라인 인생을 살았다고 말하고 싶다. 장애인 등록도 같은 단지 통장님이 이야기해 주어 스스로 주민센터를

방문 후 발급받았다. 장애인 단체를 만들기 위해 사람을 모으는 시점. 어떻게 집주소를 알았는지 같은 유형인 장애인분들이 찾아오고 그분들을 통해 그 시절 장애인 운동에 동참할 것을 권유도 받았고, 함께 MT까지 갈 계획을 세웠었는데, 외박은 절대 안 된다는 엄마의 반대로 엄마가 담아 준 김치만 전해 주고 따라가지 못했다.

지금 생각하면, 그 시절 주체성도 없고 그야말로 연약한 존재였던 것 같다. 엄마를 설득시키고 그분들과 뜻을 함께했더라면, 좀 더 삶을 능동적으로 찾아가지 않았을까 하는 생각을 해 본다.

새 가족이 어우러지면서 묘한 분위기가 발생했고, 자립하겠다고 엄마에게 선언했지만, 그 역시 허락받지 못했다.

"오빠 잘 풀리면, 넌 걱정 없어."

엄마의 이런 생각에 점점 가슴만 답답해졌고 피부로 느껴졌던 것은, 심하게 말하면 보수도 못 받고 궂은일 하는 가사도우미 신세가 되어 가는 것 같았다. 한번은 엄마에게 간곡히 말씀을 드렸다. 비어 있던 2층 상가를 주면, 만화 카페를 해 보고 싶고 꼭 성공해 돈 벌어 주겠다고 했었는데, 엄마는 딱 잘라 거절을 하셨다.

"네가 어찌 그런 일을 할 수 있겠나?"

그 당시 새로운 곳으로 이사는 했지만, 동네 친구와 동생들도 사귀었고 나름 좋은 인상이다 보니, 불편해도 그 일을 정말 잘할 수 있을 것만 같았다. 결국 엄마가 했던 일을 오빠 내외가 물려받으면서 가세는 기울고 말았다.

엄마는 노환으로 누운 후 가슴에 한으로 남았던지 내 손을 잡고 말씀을 하셨다.

"그때 네가 달라고 했었던 상가를 주었다면, 야무지게 잘했을 거고, 네 삶도 달라졌을 거야. 엄마가 미안하다."

지금은 장애인 부모님들이 장애인 자식의 재능을 찾고 지지해 주는 분들이 많지만, 그 시절은 다른 자식들 챙기기도 힘든 시기이다 보니 장애인은 집안에만 있어야 한다는 것이 당연한 것처럼 생각했었다. 그래도 엄마에게 감사한 마음이 많다.

학교를 보내 주었고, 고속도로가 아닌 험한 돌담길을 걸어왔지만, 이겨 낼 수 있는 건강한 정신력을 유산으로 물려받았으니, 사는 그날까지 웃으며 살아갈 것이다.

## 웃는 삐에로

눈물이
날 때가 있어

사람들 속에서
웃으며 웃을수록
가슴에 애잔함이 차고

겹겹이 덧바른
얼굴 아닌 얼굴
상처가 깊어진
슬픔을 감추는 게지

산다는 것은 슬픔에서
흘러나오는 웃음인 거야

## 만남, 결혼 그리고 이별…

…

복지관 요리 프로그램에 참석했다가 장애인 부부들이 행복하게 사는 모습을 보았다. 20대 후반 그 당시까지만 해도 연애·결혼을 생각조차도 해 본 적이 없었는데, 같은 유형 장애인분들이 서로 도우며 요리하는 모습을 보고 정말 신세계를 보는 것 같았다. 그리고 만든 음식을 나누어 먹는 시간 친절하게 다가오는 장애인 부부와 대화를 나누었고 초대도 받았다. 몇 주 후 그 부부의 집을 방문했다.

그 아내는 동갑인데도 벌써 일곱 살 된 아들이 있었다. 복지관 요리 프로그램에서 보았던 것보다 두 내외가 살뜰히 챙겨 가며 사는 모습이 참으로 행복해 보였다. 그리고 '내가 만약 결혼하게 된다면, 같은 장애 유형을 가진 사람을 만나는 것이 좋겠지!'라고 생각했었다.

2004년 9월 어느 일요일 그 부부의 소개로 한 사람을 만나게 되었다. 그리고 생애 첫 연애라는 것을 하게 되었다. 집에서 벗어나고 싶은 마음도 컸고, 진짜 내 편이 생기면 서로 의지하며 남은 생을 해로

할 거라고 생각했다.

2005년 3월 4일 결혼식을 올렸다. 신혼여행 다녀오고 혼인신고를 하고 딱 2주 지난 후부터 '뭐지? 어떻게 해야 하지?' 삶이 공포로 다가왔다.

생각하고 싶지도 않고 잊고 싶은 일들을 다시 떠올리며 글을 쓰기란, 급체한 것처럼 가슴이 답답하다. 그 사람과 사는 내내 늘 흔들리는 이야기를 들어야 했다.

한 예를 들면, 직장동료 여성이 결혼했으니까 편안한 마음에 친절하게 대해 주는 것도 착각하는지 조금만 결혼을 늦게 했었다면, 그 여직원과 결혼했을 것이라며 그 남자는 늘 밖으로 마음이 향해 있었다.

'왜? 그럴까….' 생각하며 그 사람을 이해하기 위해 참고 노력했다. 아들도 낳고 그럼 안정된 가정이 될 거라 생각도 했다. 그러나 시간이 갈수록 더하면 더했지 나아지지 않았다.

보름은 집에 와 부부방을 차지하며 결혼한 아들과 자는 시어머니, 그리고 옵션으로 따라오는 혼자 사는 시누이 등등 어쩜 한소리도 안 하고 묵묵부답하는 내게 자존심이 상해 더 그렇게 난폭하게 굴었나 하는 생각도 해 보았다. 결혼은 친정엄마로부터 독립이 아니라 챙겨야 할 식객을 둘이나 늘리는 경우가 되어 버렸다. 아니 친정엄마보다 연세 많은 시어머니까지 챙기는 그런 이상한 가정 구성원이 되었다.

갓난아이 목욕이며 예방접종을 위해 병원 가는 날이면 친정엄마의 도움이 없이는 불가능했다. 어린 아들은 고맙게도 10개월에 걸음마를 해 주어 그때부터 혼자서 택시를 타고 아들과 둘이 다닐 수 있게 되었다. 참 신기하게도 아들은 엄마의 어설픈 행동 장애에 맞춰 주었다.

임신했던 시기에 태아에게 치명적인 풍진이 돌았고, 다행히 풍진 예방 접종 후 임신을 했지만, 그래도 조심 또 조심했다. 그런데 임신 7개월째 들어서고 얼마 안 되었을 때 어김없이 시어머니와 막내 시누이가 몇 주 있겠다며 찾아왔다.

막내 시누이는 몸이 아프다며 작은 방에서 쉬겠다고 들어가 안 나오고 시어머니는 그날따라 딸이 아프니 반찬에 더 신경쓰라면서, 빠르지 못한 내 장애를 탓하며 비참한 말들을 많이 했다.

"네 엄마는 너 같은 것 시집 보내놓고 아무것도 안 해 주면 사람이 아니다."

시어머니는 계속 이야기했고 심지어 남편이 있는 데서도 그랬다.

"어머니 우리 엄마가 이렇게 살림살이 챙겨 시집보냈고, 지금도 반찬이며 경제적으로 도움을 받고 있는데 뭘 더 해 오라고 욕하세요."

"우리 누나들은 병신이 아니라서 안 해 가도 되지만, 너는 병신이라서 더 해 와야지."

남편이라는 그 사람은 차마 입에 담지도 못할 험한 욕을 시어머니와 마찬가지로 갓난아이 앞에서 해댔다.

억울하고 분하고 어쩜 이렇게 말이 안 통하고 안하무인인지 결혼한 것이 후회스러워 목놓아 울었다.

풍진 환자 막내 시누이와 접촉했었다는 사실을 안 셋째 시누이는 병신이 병신을 낳게 되면, 안 된다고 7개월 된 태아를 없애라고 전화를 했다. 두려움과 걱정으로 마음이 마음이 아닌데, 아이 아빠라는 그 사람은 그냥 남의 일인 양 방관자일 뿐이었다. 결국, 혼자서 감내해야 할 일이었다. 노원구에 장애인이 많이 살다 보니 장애인 산모를 많이 진료하는 산부인과 선생님에게 사정 이야기를 했다. 7개월이면 태아가 안정적인 시기이지만, 불안하니 여러 검사를 받으라고 했다. 정말정말 감사하게도 아이는 개월을 다 채우고 건강하게 태어났다.

아들은 영특했다. 세 살에 한글을 읽고 지하철을 타고 영풍문고를 가는 것이 모자의 일상이었다. 영풍문고 한곳에 자리잡고 앉아 있으면, 아들은 읽고 싶은 책을 맘껏 읽고 배가 고프면, 엄마가 있는 곳으로 찾아왔다. 우리 모자는 손을 잡고 반디앤루디스 스낵코너로 갔다. 가는 내내 아들은 읽었던 책 이야기를 신나게 이야기해 주었다.

아들은 여섯 살 때부터 한자 자격증 시험을 봐 장학금을 탔다. 초등학교 입학 후부터 수학경시대회에 참가하면 대상을 받아 오고 하

니 집안 사정을 모르는 아들 담임 선생님은

"원준 엄마, 아이 하나 더 낳아. 나라에 애국하는 거야."

복지관에서 일주일에 한 번씩 어린 아들이랑 놀아 주는 학생이 집으로 파견됐었는데 시어머니는 그 학생이 아이한테 친절하게 대하고 아이 아빠에게도 예의 바르게 대하는 모습을 보고 무슨 생각을 하셨는지 "너만 없으면 되겠는데…" 하면서 더 자주 왔었다.

그리고 어느날, 막내 시누이가 찾아와서 큰형님 작은형님에 대해 막 말을 하면서 시어머니께서 아예 막내아들 집에 와 살고 싶어 한다고 하면서 모시라고 하였다.

"제 형편에 잠깐은 와 쉬다 가는 것은 괜찮지만, 전적으로 모시는 것은 좀 어렵다."고 의사를 분명하게 이야기했다.

2005년 상반기는 정말로 최악이었다. 큰아주버님이 아프고 큰형님과 시어머니의 갈등은 최고조로 향하고 아이 아빠는 매주 시골에 가고 나는 나 대로 아이 학교 문제로 마음이 혼란스러웠는데, 아이 아빠는 계속해서 시어머니를 모시겠다고 하고 시누이들은 전화해서 며느리가 시어머니를 모시는 것이 할 도리이며 못하겠으면 나가라고 하였다. 아이 아빠는 저녁마다 술을 마시고 "네 엄마는 앞으로 어떻게 되는지 두고 보겠다."면서 횡설수설했다.

더 이상 견디지 못하고 아들 3학년 여름방학 개학이 며칠 남지 않은 일요일 아침, 아들과 함께 입고 있던 옷차림 그대로 집을 나왔다. 그때 아들은 감기를 앓았고 나도 지칠 대로 지쳐 쉬고 싶었다. 지하철을 타고 가다가다 연고지도 없는 쌍문역에서 내렸다.

아들은 열이 나고 찜질방으로 가면 안 될 것 같아, 용기 내어 모텔로 들어갔다. 주인에게 절대로 나쁜 생각으로 들어온 것이 아니며, 잠을 푹 자고 싶다고 말씀을 드렸다. 여주인은 깨끗하고 조용한 방을 내주며 문 잘 잠그고 푹 쉬라고 하였다.

엄마라서 가능한 일이었다. 지금 생각해도 어떻게 모텔로 들어갈 생각을 했는지… 다행스럽게도 좋은 여주인을 만나 이틀 밤을 푹 쉬었다. 아들 감기도 나아지고, 모진 마음을 먹고 나왔으니 살길을 찾아야겠다는 강한 의지가 생겼다. 다행스러운 것은 로또 복권 판매업자로 모 편의점에 판매권을 맡겨 놓고 수입을 배분받고 있어서 당장 생활하는 문제는 해결이 될 것 같았다. 이제 방을 얻어야 하는데… 친정엄마도 모르게 멀리 지방으로 떠날 생각을 했었다. 모텔을 나와 한결 가벼운 마음으로 식당에 들어갔다. 그리고 꺼 놓았던 핸드폰을 켰다. 친정엄마로부터 수십 통의 부재중 전화, 문자가 와 있었다. 아들 아빠가 친정에 가 행패를 부린 탓에 아들과 내가 잘못된 줄 알고 있을 것 같은 친정엄마에게 전화를 드렸다.

"원준 엄마야! 네 인생 잘못된 것은 그렇다 치더라도 아이 인생은 지켜 줘야지… 곧 개학인데 원준이부터 전학시키고 그다음은 다시 생각하는 것이 어떠하니? 말하지 않아도 네가 위태롭게 사는 것도 알고 있었고 오죽했으면, 학교생활 잘하는 아이를 데리고 나왔겠니? 절대 뭐라하지 않을 테니 제발 집으로 와라."

만 10년 만에 다시 친정으로 들어갔다. 아들을 전학시키고 반지하 전세방을 얻었다.

아들은 전학하고도 학교 대표로 수학경시대회에 참가해 좋은 성적을 받아 오고 둘만의 생활도 안정을 찾아가고 있었다. 나도 내가 좋아하는 일이 무엇인지 신중하게 생각을 했다. 2006년 3월부터 한국장애인개발원 사업으로 장애인 작가 양성 과정이라는 프로그램에 참여하게 되었다. 강의를 듣고 숙제해 가면, 선생님들에게 칭찬도 많이 받았다. 늘 주눅 들어 있었는데 수업받는 그때만큼은 수줍게 피는 들꽃이 되는 것 같았다.

별거 1년이 다 되어 가도 아들 교육비를 달라는 말도 하지 못했다. 말이 통할 것 같으면, 의견도 이야기하고 또 생각과 다르다면, 무엇이 다른지 듣고 수용도 하고 설득도 했겠지만, 안 마주치며 피해 버리는 것이 좋다는 생각을 하고 살았으니, 어쩜 상대방이 바보로 생각하고 본인 멋대로 해석하고 행동도 했을 것 같다. 또한 그렇게 생각하는 것도 그 사람이 가진 역량과 몫이니 '시간아 가라!' 하며 견뎌 냈던 것 같다.

인연의 끈은 참으로 질겼다. 서로 각자의 삶을 살고 아들이 클 때까지는 이혼이라는 생각을 하지도 않았다. 또한 아이 아빠와 장애 아동을 둔 비장애인 연상녀가 사귄다는 소문을 들어도 털끝 하나 마음의 동요조차 일어나지 않았다.

어린 아들을 만나 그 여자의 자녀와 함께 식사까지 했었다는 이야기를, 다녀온 아들한테 들었어도 '뭐! 그런 사람이지….' 하며 쓴 미소만 지었다.

별거 전 이런 일도 있었다. 그 여성이 작업복 티셔츠를 선물로 보내 왔기에 열심히 세탁을 해 주었는데, 하루는 아이 아빠가 물었다.

"그 옷 빠는데 마음이 어떠하냐?"

"옷은 옷일 뿐이지…."

그리고 시선을 돌렸던 기억이 떠오른다. 이미 가정다운 가정생활은 깨졌고, 오롯이 아들이 성장하는 날만 기다리며 살았다.

2006년 늦가을, 아들 아빠가 전화를 했었다. 몸이 많이 안 좋아 며칠 전 작은형님과 병원을 갔었는데, 작은형님이 의사와 대면한 후 어디가 어떻게 안 좋다는 이야기도 안 해 주고 병원에서 헤어졌다고 했다.

그 사람이 정말 잔인하고 미웠다. 결혼할 자격도 아이를 낳을 자격도 없는 사람이 책임지지도 감당하지도 못하는 행동으로 제일 피해를 보고 있는 아이와 나는 무슨 운명인가 싶었다.

앞으로 어떻게 할 계획이냐고 물었다. 이래저래 빼어간 돈으로 주식을 했다면서 그것도 공개하고 몸이 좋아지면, 어머니도 다른 형제에게 보내고 다시 합쳐 우리 세 식구만 생각하며 살겠다고 약속했다.

아이 아빠를 만났을 때 걷지도 못하고 휠체어에 앉아 있었다. 상계 백병원에서 MRI를 찍어 보니 머리에 혹이 있어서 뇌하수체 구멍이 막혀 물주머니가 커져 신경을 누른다고 하였다. 혹은 조직 검사를 해 봐야 안다고 했다. 정말로 기가 막혀 눈물만 나왔다.

남편 회사 부장님에게 전화를 드렸더니 혼자서 감당하기 힘든 일이니 시집 식구들에게 전화하라고 했다. 7남매나 되는 형제들에게 아이 아빠가 직접 전화하고 본인 사정을 이야기했어도 뭐 하나 시원하게 풀리는 것도 없었다. 아이 아빠는 전화를 끊고 아무런 이야기도 안 해 주었다. 워낙에 비밀이 많은 사람들이기에 굳이 궁금하지도 않았다. 의사 선생님께서 쇼크사가 올 수도 있다고 바로 중환자실로 입원을 시켜 주었다.

일주일 지난 후 백병원에서 수술이 어렵다고 하여 신촌세브란스병원 응급실로 장애인 콜택시를 타고 갔다. 입원수속 중 보증인을 써야만 입원을 할 수 있다는 이야기를 듣고 왜? 작은아주버님이 입원을 안 시키고 퇴원을 시켰는지 알 것 같아 눈물만 나왔다. 부동산을 가지고 있는 아이 아빠 형제들에게 전화를 했다.

하나같이 거절을 했다. 화가 나 아이 아빠 스스로 해결하라고 하면서 응급실 밖으로 나왔다. 아이 아빠는 휠체어를 타고 발로 밀며 따라 나와 살려 달라고 애원을 했다.

어쩔 수 없이 주저앉아 고민고민을 했다. 그리고 그 병원 재활 병동에 계시는 조성래 교수님에게 도움을 청했다. 응급실로 오신 조성래 교수님에게 백병원에서 복사해 준 환자의 상태 CD를 건네주었다. 교수님께서 보고 난 후 입원하고 빨리 수술해야 한다고 하였다. 교수님에게 아무도 보증을 안 서 지금 입원수속을 못하고 있다고 하였다. 감사하게도 망설임없이 교수님께서 써 주어 바로 입원을 할 수 있었다.

첫 번째 뇌 수술은 조직 검사를 하는 것이었다. 다행히 뇌하수체 구멍에 각질이 쌓여 그런 것이라고 하면서 잘 긁어 내면 문제가 없다고 했다. 두 번째 수술은 혼자 있기가 무서워 아이 아빠를 연결해 준 송 선생님께 전화를 했다.

그분과 오랜 시간을 수술실 앞에서 있었다. 오후에 수술에 들어간 환자는 밤 10시가 넘어서야 면회가 가능했다. 나도 불편한 몸이지만, 같은 병동 사람들의 도움도 받고, 간호사의 도움을 받으면서 아이 아빠의 간호를 했다. 다행히 아이 아빠는 건강을 회복하고 재활 치료도 받았다. 재활의학과 조성래 교수님은 긴 간병으로 내 몸이 더 심해질까 봐 물리치료도 받게 해 주었다. 근 한 달 보름을 병원에 있다 보니 나는 그렇다 치더라도 아들을 친정에 맡겨 놓았으니 어린 아들이 제일 힘든 시간을 보내게 되었다.

아들 아빠는 스스로 거동을 하는데도 퇴원을 자꾸 미뤘다. 완벽하게 물리치료까지 받고 나가고 싶은 마음은 이해가 갔지만, 아들

학교생활도 그렇고 일상으로 돌아가고 싶었다. 그래서 조성래 교수님에게 의뢰를 했다. 그 당시 수입이 있고 아들 아빠도 직장을 다니고 있었기에 의료 수급자가 아니었다. 결국 간병인에게 맡기고 오랜 시간 비워 두었던, 아들과 함께하는 둘만의 보금자리로 돌아갔다. 그리고 아이 아빠 형제들을 만나 어머니의 거처에 대해 의논하기 위해 우리 세 가족이 살았던 원래의 집으로 아들과 함께 갔다. 친정엄마가 신경써서 해 준 세간살이며 아들 책이며 왜 그렇게 낯설게 느껴졌는지… 눈물만 나왔다. 그런데 시어머니는 나를 보자마자 물건을 던지고 욕을 하면서 아들 데리고 오라고 소리를 질러댔다.

"네년 보기 싫어 자식들이 병원에도 못 간다."고 하면서 당장 아들 옆에서 떨어져 나가라고 하면서 심한 욕을 하였다. 시누이한테 전화하니 목소리를 듣자마자 전화를 끊어 버렸다. 아들도 겨울방학이고 너무 속상해서 아들에게 본인 방이었던 책상에 앉아 책 읽고 있으라 하고 나왔다. 시어머니는 "미친년아 네 애미한테 아이 데려다 줘." 하면서 고래고래 욕을 하였다.

'고생고생해서 사람 살려 놨더니, 고맙다는 말을 들을 줄 알았는데 또 이렇게 욕을 듣는구나!' 생각하고 병원으로 가서 아이 아빠의 소지품을 다 건네주고 그 후부터 병원에 가지 않았다. 아들은 그다음 날 아침 일찍 지하철을 타고 둘만의 보금자리로 왔다.

그런데 아이가 다 듣고 있었는데도 시어머니는 시누이들에게 전화하여 내가 물건을 집어 던지고 욕하고 갔다고 했다. 별거 중인데도 아들을 생각해 할 만큼 했으니 다시는 엮여 살면, 늘 똑같은 삶을 살 거란 생각이 들어 여성 성폭력 단체를 찾아갔다.

상담 후 여성 단체의 도움으로 이혼 소송 도움을 받았다. 그 과정을 겪으면서 아들 아빠의 밑바닥까지 보면서 더 단단하게 자리를 지키며 스스로를 사랑하게 되었다. 그리고 그 사람에 대한 마지막 남아 있었던 애증마저도 내려놓을 수 있는 계기가 되어 한결 마음이 자유로워졌다.

1차 재판에서 이겼지만, 아들 아빠는 항소했다. 도와주는 여성 단체에서는 1차 지원만 가능했는데, 유례없는 사연이 딱해 2차 재판도 도와주었다.

1차 재판이 판결 나기 전까지는 죄인이라는 생각에 부끄러웠다. 아들 아빠 쪽에서 내세우는 거짓을 해명하면서 점점 얼굴을 들 수 있게 되었다. 마지막 재판에서 판사님이 했던 그 말을 잊을 수가 없다.

"똑똑한 아들에 저렇게 좋은 여자를 어디서 또 만나겠다고 복을 찼는지 참으로 딱한 인생이네요."

그 후 항소는 취소가 되고 5년의 긴긴 재판이라는 터널에서 빠져나올 수가 있었다.

## 거북이

빠르지 않아
눈물이 나는 것이 아니었다
지금 있는 이 자리도
힘겹게 여기 와 있는 것이며
거북이답게 살아온 것이 아닌가

어쩌겠는가

바람도 하늘도 모르게
얼마나 많은 눈물을 흘렸던가

시련 내리는 밤
짧은 목 내밀며
또다시
툴툴 털고 기어 보자

엉금엉금

마지막 그날까지

## 제19회 대한민국장애인문학상 대상

...

어려운 시기 흐트러짐 없이 아니 더 강하게 다져진 삶을 보내고 나니 신은 외면하지 않고 귀하고 귀한 상을 선물로 주셨다.

〈장애 콜, 신기사〉 이 단편소설을 쓰게 된 동기는 아들과의 약속이었다. 부모 두 사람이 장애인이다 보니, 이혼 과정 중 양육권 및 사춘기에 접어든 아들의 증언을 듣기 위해 법원 참석 요구가 빈번했었다.

아들에게 미안했다. 그러나 별거를 결심했을 때 아들과 이야기를 했었다.

"엄마의 인내는 한계에 도달했고, 살아남기 위해 집을 나갈 생각을 하고 있어. 아들! 네가 엄마를 따라 나가면, 고생할 것을 각오해야 해."

아들은 무조건 나를 따라가겠다고 굳은 의지를 표현했다.

2009년 대한민국장애인문학상 시상식 후
_정재우 주무관 및 미술 부문 입상자분과 제주도 여행지에서

부모 장애를 받아들이고 이해하기도 힘든 아들에게 정말 못 볼 광경들을 보여 준 어른답지 않은 어른들의 모습은 아들을 더 외롭게 만들었고 깊은 터널로 들어가게 하는 것 같았다. 아들에게 용기를 주고 싶었다. 그리고 약속을 했다. 대한민국장애인문학상에 도전할 테니, 다른 걱정 내려놓고 공부 열심히 하라고 했다. 그동안 『솟대문학』에 동화가 실린 적은 있었으나, 공모전을 생각하고 작품을 구상한 것은 새로운 도전이며 엄마였기에 가능했던 용기였다.

〈장애 콜, 신기사〉 작품 한 구절을 옮겨 본다.

-잠실대교를 타고 간선도로로 진입했다. 그사이 고객과 신기사는 아무런 대화도 하지 않았다. 신기사는 고객에게 먼저 말을 걸어 볼까? 망설이기도 했지만, 좀체 신기사도 입을 떼지 못하고 고객이 안전하게 앉아 있나 백미러로 확인만 했었다. 간선도로 갓길에는 코스모스가 흐드러지게 피어 있었다.

신기사는 코스모스를 보며 '아!' 긴 신음 소리가 흘러나왔다.

'경아!' 까맣게 잊고 있었던 20년 전 그녀의 이름이 생각이 났다.-

이 작품을 완성하고 제출하면서 아들과의 약속을 지켰다는 것에 기분이 좋았다. 그리고 본격적으로 글쓰기 공부를 혼자서라도 하고 싶다는 생각이 들었다. '스스로한테 만족하는 글을 쓰자!'라는 다짐을 하며 느리지만, 읽고 필사하며 계절이 바뀌는 시간을 맞이했다.

"여보세요. 설미희 작가님이시지요? 축하합니다. 대한민국장애인 문학상 대상을 받게 되었습니다."

'기적이 바로 이런 것인가?' 하는 생각이 들었다.

깊어 가는 가을 여의도 63빌딩에서 시상식이 진행되었다. 귀한 자리에 참석하는 것도 처음이고, 어리둥절한 시간을 보내면서 감격의 눈물이 흘렀다.

그리고 운명에 순응하며 순리대로 살아가겠다고 다시 한 번 더 다짐했다.

## 어느 하루

바람 따라 나선 길이 뒤뚱거린다
삶은 언제나 가파른 경사 앞에
불안하게 멈추고
떠밀려 올라온 카페 안

흐린 하늘이
창 안으로 따라 들어와
마음을 적시는데
살아온 세월에
남은 생애가 섞여
설움 가득 흔들리는 찻잔

살아간다는 것은
미련에 잡히지 않고
운명에 순종하는 것이니라

툭 건들면 금방이라도
울어 버릴 하늘
파르르 떨리는 손으로 한 모금
그제서야 쏟아지는
약속한 비

## 신촌세브란스병원 재활의학과 조성래 교수님

...

조성래 교수님은 뇌성마비 장애인들에게 없어서는 안 되는 대한민국 최고 의료인으로서 감사하고 소중한 분이다. 1990년대 뇌성마비 장애인 전문의로서 삼킴 및 소화력에 대해 진료를 받으면서 교수님을 처음 뵙게 되었다. 교수님은 내 장애가 좀 특이한 케이스라고 말씀하셨었다.

강직도 있고 운동성장애도 있고 그 몸 상태로 보면, 언어장애가 심할 수 있는데, 편안한 상태에서 말을 할 때는 발음도 좋고 말하는 속도도 아주 좋다고 하셨다. 그 후 교수님은 뇌성마비장애인에 대한 전문 의료가 발전된 나라로 유학을 가셨다.

교수님을 두 번째 뵌 것은 아들 아빠가 아팠을 때이다. 신촌세브란스병원 응급실에서 보증인이 없어서 입원 수속을 못하고 있었을 때 친절하게 대해 주었던 선생님이 생각이 났다.

'공부 마치고 돌아와 계실까?' 그런 생각을 하면서 급하니까 재활의학과로 전화를 했었다.

"저는 설미희라고 합니다. 조성래 교수님께서 현재 병원에 계시는지요?"

다행히도 계시다고 하였다.

"그럼 말씀 좀 전해 주세요. 몇 년 전에 진료받았던 환자인데요. 아들 아빠가 아파서 응급실에 와 있다고요."

별거 중이고 사람은 잔인하도록 무서웠지만, 그래도 아들 아빠이고 살리고 봐야 한다는 생각이 먼저 들었다. 또한 그렇게 아우성이었던 그 많던 형제들이 서명 하나 해 주지 않겠다고 연락조차도 안 받는 상황에서 그 사람이 불쌍한 생각도 들었다.

조성래 교수님은 나를 기억하고 계셨다. 장애인 두 사람이 응급실에서 순서를 기다리며 불안하게 있었는데, 교수님께서 재활의학과 의료진들과 함께 응급실에 오고 난 후부터 아들 아빠 침상은 많은 의료진으로 둘러싸였다. 반가운 인사도 잊은 채 현 상황을 말씀드렸다. 교수님은 한 치 망설임도 없이 보증서에 사인을 해 주셨다.

그리고 상계 백병원에서 가지고 온 CD를 갖고 가서 보고 다시 오셨다. 아들 아빠가 운이 좋은 건지, 교수님 은혜로 입원하고 수술도 하고 다시 살아나 일상생활로 복귀할 수 있었다. 만약 그때 아들 아빠가 잘못되었더라면 그 사람으로 인해 힘들게 겪은 일들보다 더 많이 심적으로 괴로웠을 거란 생각이 든다.

그렇게 그렇게 그 비장애인 여성과 살고 싶어 아들도 외면했던 사람, 필리핀 여성 만나 새로운 가정을 꾸몄으며 오래오래 소원 이루며 산 지 겨우 4년을 살다 갔으니 또 한 여성에게 결국 못할 짓을 한 것이란 생각이 든다.

교수님을 세 번째로 찾아간 것은 너무도 어이없고 정말 정말 창피한 마음으로 뵈러 갔었다. 이혼 소송 중 그쪽에서는 내가 정신적 문제가 있고 장애가 있어서 아이 아빠 간병도 못하는 책임감 없는 사람이라고 거짓 주장을 했었다. 정신병자로 몰아세우는 아이 아빠에 대해 더 놀랄 것도 없고, 반박문을 쓰기 위해서 증거를 찾고 증인을 찾는 것이 몇 년간 한 일이었다.

사실 병간호를 안 해 주었다는 아이 아빠의 거짓 증언에 조성래 교수님을 처음부터 찾아갈 생각을 하지 않았다. 상계동에 사는 지인들과 또한 뇌성마비장애인 신도가 많이 다니는 교회 목사님부터 찾아갔었다. 그런데 놀라고 안타까워하면서도 반박문에 서명을 해 줄 수 없다고 했다. 나중에 후환이 걱정되고 겁이 난다고 했다. 그 사람들보다 강한 분을 찾아가야 했다. 그래서 어쩔 수 없이 조성래 교수님을 찾아갔고, 교수님은 그 반박문에 서명을 또 해 주셨다.

무슨 인연인지 모르겠다. 교수님은 의술로도 인술로도 나를 구해 준 분이시다. 그런데 그 이후부터 몸이 아파도 교수님을 찾아갈 수가 없었다. 협착증으로 목어깨 통증과 팔이 올라가지 않아도 동네 가정의학과를 다니며 진통제만 먹고 살았다. 가정의학과 선생님은 큰 병원 전문의에게 가기를 권했다. 그래도 갈 수가 없었다. 그러다 지인이 신촌세브란스병원 신경외과에서 약을 받아먹으니까 통증이 나아졌다고 하여 내원한 후 약 처방을 받았다. 그런데 노인성 질환보다 장애에 의한 의료 처방을 받는 것이 좋다면서 재활의학과로 넘겨주었다.

또다시 교수님을 만났다. 입원 후 정밀 검사를 받고 제 몸에 맞는 약을 먹게 되었다.

"교수님, 진심으로 진심으로 감사합니다. 귀한 마음 잊지 않고 노년을 준비하며 고운 마음으로 살겠습니다."

조성래 교수님께 한 번도 제대로 감사 인사를 못 드렸었는데 이렇게 지면으로 마음을 전할 수 있어서 좋다.

두 눈으로 마주보며

당신의 두 눈이 그립습니다
당신의 까만 눈동자 안에
내 모습이 새겨져
내 눈에 감사의
눈물이 일렁입니다

말하지 않아도
다 안다는 듯
그런 당신과 눈이 마주치면
가슴이 아려 옵니다

그리고
당신을 향한 내 마음을
어떻게 표현해야 할지 몰라
그저 눈을 감습니다

어쩌지요
당신의 두 눈이
너무도 보고 싶습니다

날 좋아하는지
당신의 눈 속에 그려진
내 모습이 행복한지 알고 싶습니다

## 사랑하는 아들에게

...

아들, 봄꽃 맞이는 좀 했는지? 시간 가는 것이 어쩜 이리도 빠른지 눈떠 보면, 새로운 계절이 저만치 다가와 있고… 2020년 1월 자립을 했으니 우리가 떨어져 산 지도 어느덧 만 3년이 지났구나!

우리 아들은 엄마에게 과분한 신의 선물이야.

아들을 잉태하고 건강하게 태어나 준 것도 감사하고, 어린아이인데도 힘으로는 어쩔 수 없는 마음으로 잠을 안 자면서까지 책을 읽으면서 옆에 앉아 엄마를 지키겠다던 그 눈빛과 의지는 엄마가 죽음 앞에서도 절대로 잊을 수가 없을 것 같고, 지금껏 엄마가 사는 힘이야.

아들은 엄마의 장애 속도에 맞춰 제비 새끼처럼 음식을 받아먹기도 했었고, 외할머니의 도움을 받으며 예방접종 및 병원을 다녔었는데, 외할머니에 대해 죄송한 엄마 마음을 느꼈는지 걸음도 10개월에 잘 걸었지.

자고 일어나면, 엄마가 가 버리고 없을까 봐 엄마 다리 위에 네 다리를 올려놓고 잠드는 널 보면서 '꼭 네가 성인이 될 때까지 버티며 살아야지!' 마음을 다지고 다졌었어. 그리고 네가 참 이쁜 짓을 했었지.

세 살에 한글도 읽고 무엇이든 가르치면, 잘 습득을 하는 네가 참으로 신기하기도 했었고, 여섯 살 때부터는 한자 자격증 시험을 봐 최연소 장학금을 받기도 하고 학습지 선생님들이 "어머니는 원준이 같은 아들을 두어서, 참 좋겠어요." 하는 네 칭찬을 듣는 맛에 살았었지.

초등학교 입학을 하고 넌 "우린 엄마는 장애인이야." 하며 당당하게 아이들에게 말했었지만, 세상은 어린 네게 장애인 아들이라는 딱지를 붙였었지. 너랑 나랑 그 고비를 넘기기 위해 부단히 노력도 하고 1학년 2학기부터는 뒤에서는 모르겠지만, 네 앞에서는 아이들이 장애인 엄마의 아들이라는 말을 하지 않았지. 학교 대표로 수학경시대회 등 모든 대회에 출전했으며 좋은 성적으로 교장 선생님의 격려 전화도 받게 해 준 참으로 자랑스러운 아들이었지. 그리고 학급 학예회 때 엄마를 꼭 참석하게 했었고 영어 동화 〈아기 돼지 삼형제〉를 또랑또랑한 목소리로 발표했었던 어린 네 모습이 아직도 눈에 선하구나.

아들은 학교생활 백 점인데, 엄마는 가정생활이 빵점이라 결국 너를 데리고 나와 처음부터 다시 시작하는 삶을 살았네. 아들은 전학 갔어도 최상위권 성적을 유지했었고, 엄마는 너만 잘 되면, 엄마 인생까지도 보상받는다는 어리석은 생각도 했었단다. 그리고 아빠 수술이며 힘든 일들을 네게 되도록 알리지도 말고 보이지도 말자 라는 생각을 했었는데, 지금에 와 생각하니 엄마가 잘못한 것 같아.

수술실 앞에 몇 시간 가슴 조이며 혼자 있지 말고, 어리지만 아들인 너랑 같이 그 시간을 공유했었다면 '넌 더 단단한 삶을 계획하고 당차게 벽을 넘지 않았을까?' 하는 생각을 해 보네.

초등학교 졸업을 하면서 교육부 장관상도 받고 우리 아들이 얼마나 빛난 보석이었는데, 중학교 입학 후 새로운 환경 적응 시기에 못난 부모로 인해 학교 빠져 가며 여러 차례 법원까지 가게 했으니 결국 우리 아들의 발목을 잡았으니 엄마는 이생이 끝나는 그날까지 죄인일 수밖에 없구나.

사춘기인 아들이 터널에 갇혀 나오지 않았을 때 그 터널 밖에서 엉엉 울며 한나절 앉아 있다가 결심한 것이 '네가 공부하지 않으면, 엄마가 하지 뭐!'

이혼도 깨끗하게 정리되지 않은 상황인데 어디서 그런 용기가 났는지 아마도 아들의 엄마였기에 그리고 분명 네가 다시 공부에 매진할 것이라는 믿음이 있었기 때문이었겠지. 엄마도 아들 덕에 방통대 입학 및 졸업도 하고 아들도 제 나이에 혼자 힘으로 대학도 입학하고 국방의 의무도 마치고 졸업도 하고 자립해 잘살고 있으니 더할

나위 없이 고맙다.

얼마 전에 아들이 받았던 상장 파일을 보다가 감격해 네게 사진 찍어 보낸 적이 있었잖아. 그런데 네 답장이 엄마 마음을 헤집어 놓더라. 넌 과거를 잊고 싶다 하고, 엄마는 다른 과거는 잊어도 네 어릴 때 네가 준 그 행복을 마지막까지 잡으며 살고 싶은데… 그리고 생각을 하고 널 이해할 수 있었어.

엄마 입장에서는 엄마 같은 사람 없는 것 같은데, 아들 입장에서는 친구들 부모님들을 생각해 보니 정말 한없이 낮은 엄마라는 것을….

아들! 엄마 더욱더 잘 지낼게.

공부도 운동도 하면서….

엄마 걱정하지 말고 네가 계획한 일에만 전념하길 바란다. 아들은 꿈을 꼭 이룰 거야! 엄만 굳게 믿어. 그리고 바람이 있다면, 불가의 힘으로 마음공부도 끝까지 하고 산천초목과 벗하며 어려운 이웃도 돕고 우리 모자가 스님께 받은 은혜를 잊지 않는 그런 사람이 되면 좋겠다. 건강하자!

## 개미의 사랑

작은 몸
어느 곳에서
생겨난 사랑일까

제 몸
수십 배나 되는
그리움 짊어지고
가파른 언덕길 올라
어디로 가는지 그냥 그렇게 간다

그냥 그렇게 가다
그 큰 그리움 힘에 버거운지
파르르
사지가 휘청거리며
잠시 주저앉아 쉬었다 간다

먼길
호올로
까만 두 눈 반짝이며
끝없이 끝없이 간다

## 덕현 스님

…

스님이 길상사 주지로 계셨을 그때로 시간을 되돌려 본다.

두 해 뜻을 같이했던 문학 동아리 행사를 마치고 보자기 공예가인 효재 선생님 댁을 초대받아 갔었다. 점심 식사 후 회원 중 한 분이 길상사가 바로 앞이니, 덕현 스님을 뵈러 가자고 제안했다.

회원들 모두 찬성을 하였고 풍문으로만 들었던 그 유명한 요정 '대원각'을 시주한 백석 시인을 사랑했었던 자야 김영한 공덕비가 있는 곳을 간다는 생각에 설레기까지 하였다.

길상사 진영각에서 덕현 스님을 중심으로 나란하게 서로 바라보며 앉았다. 나는 맨 끝 두 번째 자리에 앉아 스님과 회원들의 이야기만 경청했었다.

그 후 가슴이 먹먹할 때 책 한 권 끼고 장애인 콜택시를 타고 길상사를 갔다. 불심이 깊어 찾아간 것도 아니고 그곳에 가 사람들이 많이 다니지 않는 한 곳을 차지하고 앉아 하염없이 있다가, 콜택시 연결이 되어 경내로 나오면, 덕현 스님과 마주쳤다. '스님이 날 기억할

덕현 스님과 함께

까?' 생각조차 하는 자체가 그 시절에는 사치였다.

그렇게 저렇게 힘든 그 시간 길상사를 다니며 견뎌 낼 수 있었다. 부처님의 가피인지 신비롭게도 쉼을 위해 길상사를 갈 때마다 경내에서 스님과 마주쳤다.

긴 겨울 아무리 가슴이 답답해도 추위를 피해 머물 곳이 없으니 길상사를 갈 수가 없었다. 봄꽃이 피고, 햇살이 가득한 날 지인 언니와 길상사를 갔다. 그런데 또 경내에서 스님에게 정중히 합장을 드릴 수 있었다. 스님은 겨우내 보이지 않았던, 모습이 반가웠던지 자비롭게 미소지으시며 지인 언니와 함께 차 대접을 해 주셨다.

일 년 전 회원들 틈에 끼어 죄인처럼 말 한마디 못하는 나를 스님은 기억하고 계셨다. 그리고 뭐가 그리 답답해 절집 깊숙한 곳에 숨어 있다가 돌아가는 모습이 안타까워 보였고, 구도자의 자리에서 이름도 모르는 나를 위해 기도도 해 주셨다는 것을 알게 되었다. 지인 언니는 스님께 내가 처해 있었던 그 당시 현실을 말씀해 주었다. 스님께서는 젊은 보살로 보았는데 초등 6학년 아들이 있고 이혼 1차 소송에서 승소하고 상대방이 항소한 상태라는 것을 알고 적잖이 놀라셨다. 그리고 쌈짓돈까지 다 털어 내어 주시면서 다음에는 아들과 함께 오라고 말씀하셨다.

스님을 뵙고 돌아온 후 한 달쯤 되었을까?

2010년 5월 10일 오전 10시쯤이었다. 도와주는 변호사님이 전화를 하셨다.

상대방이 항소를 취하했으니 3개월 안에 구청에 가 이혼 신고를 하라고 하셨다. 그리고 긴 기간 정말 잘 버텼으며 자신을 포기하지 않고 성장하는 모습을 보여 줘 평생 기억에 남을 것 같다는 말씀을 해 주셨다.

전화를 끊고 바로 구청으로 갔다. 15년 넘게 묶여 있던 굴레에서 벗어나는 날을 맞이하며 혹여 '덕현 스님께서 서울대 법대를 졸업하신 분이라 내 사정을 세세히 알아보지 않았을까?' 하는 생각이 들었다.

스님께서는 아들에게 맑고 향기롭게 재단 장학금도 받게 힘써 주셨다.

불가의 인연과 법도는 잘 모르지만, 부처님과 스님께 평생 잊지 못할 가피를 받았다. 다리 한쪽만 장애가 있었다면, 절 식구 공양주의 길을 갔을 것이다.

스님이 봉화로 내려갔었을 때 아들도 몇 달간 스님 곁에 있었다. 스님은 아들의 아픔도 품어 주고 아들 본인의 삶을 성찰하며 개척해 나아갈 수 있는 의지를 갖게 해 주셨다.

봉화의 봄도 참으로 아름답게 피었을 것 같다. 오고 싶을 때 언제든 내려오라고 하셨는데, 이제 그곳을 마음으로만 갈 수밖에 없는 건강 상태이고, 그래도 얼마나 감사한가! 눈 감으면 편안한 그곳을 그릴 수 있어서 참 좋다.

## 절집 인연

바람이 차가운 날이었다

어둠 내린 깊은 산속
어느 절 요사채에서는
무릎 꿇고 앉아 머물다 가는 인연
보글보글 끓어오르는 하얀 온기를
바라다보고 있었다

조용한 도량에서는 나무의 이야기가 들렸다
"저 방에 어떤 사연을 안은 사람들이 왔데?"
처마에 매달린 풍경도 소곤거렸다
"쉿! 오늘 밤은 말하지 말고 지켜만 보자구."
가만히 가만히
침묵 흐르는 밤은 흘러만 갔다

다도 찻잔에 푸르른 설움 일렁거리며
뜨거운 여정 이겨 낸 들꽃 차의 향기가
콧등을 타고 잔잔히 마음과 마음으로 전해졌다

광양경제신문 홍봉기 국장님(좌) 그리고 고 김종헌 시인(우)과 함께

## 고마운 사람, 글동무 잘 가요

…

부고 소식이 날아왔다. 췌장암 투병으로 애석하게 하늘나라 천사가 된 글동무! 유일하게 오라버니라고 불렀던 분 故 김종헌 시인.

그분을 처음 만났던 곳은 2006년 장애인개발원에서 주최한 장애인 방송작가 아카데미 수료과정이었다. 그분은 부산에서 매주 KTX 첫차를 타고 올라와 수업을 듣고 내려가는 분이었다.

나는 맨 앞자리, 김 시인은 뒷자리에 앉아 첫 회식 전에는 그분의 존재에 대해 전혀 몰랐었다. 수업 중 KBS 현직 작가들이 강사로 들어오고 그분들이 과제를 내주면, 신기하게도 나는 꼭 칭찬을 듣곤 하였었다. 그분들은 나에게 순수문학이 잘 맞고, 타인이 인정해 주지 않아도 스스로가 만족하는 글을 쓰라고 조언도 해 주셨다.

첫 회식, 수업을 일찍 마치고 점심을 함께 먹게 되었다. 앉아 있는 테이블에 김 시인이 앞에 와 앉았다. 그 당시 나는 사람을 똑바로 보지 못하고 주눅이 든 상태로 머리만 숙이고 숨만 쉬며 살았었다. 주문한 음식이 나오고 손이 불편한 나는 다른 반찬은 갖다 먹지 못하고 앞에 있는 음식만 먹고 있었다. 그런데 김 시인이 내 장애를 알고 넓은 접시를 챙겨와 골고루 반찬을 담아 앞에 놓아 주었다. 고개를 들고 그분을 처음으로 봤으며 이내 감사하다고 인사를 드렸다.

수업 일수가 채워지면서 김 시인과 쉬는 시간에 이야기도 나누었다. 나는 그 당시 어느 잡지에 등단이 되었고, 그분도 등단하고 싶다고 하여 분기별로 계간지를 발간하는 교수님을 만나게 해 주었다. 그 후 등단 기념으로 아들과 함께 부산에 초대돼 관광 및 김 시인 부인에게 융숭한 대접을 받았다.

그해 늦은 가을, 수업일수는 다 채웠지만 봄부터 새로운 꿈을 안고 시작했던 아카데미 수료식엔 참석할 수가 없었다. 하필 아들 아빠 조직 검사를 위해 첫 번째 뇌수술을 하는 날이었다. 꼭 그 수술자리를 '지켜야만 하나?' 하고 솔직히 갈등을 했었다. 그러나 아들을 생각하니 수료식에 참석하는 것을 과감하게 내려놓을 수 있었다.

생전 처음으로 수술실 앞에 혼자 앉아 수술 중 사람을 기다리고 있었다. 그런데 수료증이 든 봉투를 들고 김 시인이 찾아왔다. 반가움도 고마움도 표현할 수 없었다.

장애인이라는 공통분모가 있지만, 그분과 다른 삶을 사는 초라한 내 모습을 다 드러내는 기분이 들었다. 그 후 연락이 끊겼다.

"엄마! 할머니들도 사용하는 스마트폰이야. 터치에 겁내지 말고 이번 교체 때는 꼭 구입해요. 엄마가 잘 사용할 수 있을 때까지 알려줄게요."

손이 불편해 폴더폰만 고집하고 있었는데 아들의 권유로 2013년 스마트폰으로 교체를 했다. 내 전화번호를 삭제하지 않았던 김 시인에게서 카톡으로 연락이 왔다.

-한번쯤 연락이 올 거라 기다리고 있었는데, 반갑다, 어찌 살았니?- 하며 물었다.

이석증 등 건강이 안 좋아져 직장 생활을 정리했었던 2018년 6월 어느 날, 평소 잘 따르는 권순희라는 동생과 부산 여행을 갔다. 그리고 김 시인을 만났다. 강산이 한번 바뀌고도 오랜 시간이 지났는데, 예전 함께 공부했던 그 마음이 되살아났으며 참으로 반가웠다.

그분 역시 부산에서 시인으로 왕성한 문학 활동 및 교회 지휘자로 멋진 삶을 살고 있었다. 장애인문학에 내가 밟았던 그 과정을 밟고 싶다고 하여 『솟대문학』 회원으로 등록할 수 있도록 2018년 가을 공군회관 행사장에서 방귀희 회장님에게 인사드리는 기회를 마련해 주었다.

나이가 들면, 외로워진다는 말을 이해 못했었다. 간혹 연락하면 "전화 잘했다."며 동생처럼 반겨 주었던 그분이 떠나고 비로소 느낄 수 있었다. 좋은 인연이 떠나고 홀로 남겨져 가신 분들을 그리며 살아가야 하는 그 마음을….

장애인문학에 대한 포부를 펼치지 못하고 떠나신 그분이 하늘나라에서는 장애도 없고 아픔도 없이 행복하길 바란다.

들꽃

외딴 들녘 이름 없이
홀로 피어도 괜찮다
여린 꽃잎 비바람에
생채기 나도 괜찮다
벌, 나비
날아와 주지 않아도 괜찮다
화려한 모습
매혹적인 향기로 시선 끄는
저 너머 양지 이름 있는
꽃이 아니어도 괜찮다

수수한 자태
은은한 향기
알아주는 벗
홀연히 다가와
흩날릴 언젠가를 꿈꾼다

## 추억 여행

...

출근 시간 상봉역은 사람들이 빠르게 움직이는 대형 스크린 화면처럼 북적거렸다.

저만치 지하철 도착을 알리는 소리에 맞추어 레일카페에서 아메리카노를 주문해 들고 뛰어가는 총각, 그리고 아기 업은 엄마를 쫓아가며 떨어진 꼬까신을 주워 주는 여학생의 훈훈한 모습을 지켜보면서 상봉역은 도심의 역과는 다른 풋풋한 정(情)이 풍기는 것 같다.

활동보조사와 함께 떠나는 춘천 여행, 경춘선 지하철에 몸을 싣고 한껏 부푼 마음으로 시야에 펼쳐진 풍경을 보며 "정말 좋다!" 감탄사를 내뱉는 순간 어두운 터널을 향해 달리고 어느덧 까맣게 잊었던 추억을 더듬었다.

초록이 무성하게 빛을 발하던 30년 전, 군입대 중 일주일 한 통씩 편지를 써 보내 주었던 그 동생과 함께 떠났던 춘천 여행이 생각이 났다. 그 동생은 장애인인 두 살 많은 누나인 내 손을 꼭 잡고 청량리역에서 출발하는 경춘선 기차에 몸을 실었다.

기차는 레일을 타고 미끄러지듯 춘천을 향해 달리고 말없이 바깥 풍경을 보고 있던 나에게 살며시 주었던 껌 종이로 접은 백합, 동생의 얼굴을 보면서 향기 없는 백합을 맡았다. 그렇게 우린 춘천역에 도착해 손을 잡고 내 걸음 보폭에 맞춰 걷고 걸었다.

"누나는 왜? 답장을 한번도 안 해… 글을 모르는 것도 아니면서…"

그 후 동생은 제대와 더불어 복학을 하였다. 단풍이 물들어 가던 초가을, 학교 축제 때 오라는 연락에 생뚱맞게 말했다.

"누나 결혼해!…"

그 동생을 처음 만났던 곳은 어느 단체 여름 캠프였다. 동생은 우리 조 리더로 몸이 불편한 나를 잘 챙겨 주었다. 그런데 학교 후배 여학생이 같은 조이면서 그 동생 옆을 떠나지 않는 모습을 지켜보면서 그 후 다가갈 수도 없었고, 편지 답장도 할 수가 없었다.

고된 군 생활을 하면서 한 자 한 자 썼을 텐데… 지금에서야 고백하지만 매일 밤 답장을 썼었다. 다만 띄우지를 못했을 뿐… 여행길에서 묵혔던 추억이 피어나듯 그 동생 역시 살면서 불현듯 나를 생각할까?

"누나 그때 학교 축제에 오지… 그리고 내 손을 꼭 잡지…"

광양경제신문 홍봉기 국장님의 초대로 광양 여행지에서

나태주 풀잎문학관에서

박경리 문학관에서

김유정역을 지나 곧 남춘천역에 도착한다는 방송이 흘렀다. 젊은 시절 행복했던 옛일을 생각하며 배시시 웃는 것을 보니 정말로 나이를 먹었나 보다. 지하철에서 내리면 춘천 닭갈비를 먹어야겠다. 이왕이면 김가루 솔솔 뿌린 볶음밥도, 그리고 창 큰 찻집에 들어가 커피 한잔에 빛바랜 추억도 함께 마셔 버려야겠다.

카페에서

넓은 창을 사이에 두고
빛과 어둠이 갈리고
아련한 커피향 같은
만남과 이별이 있고
살아남기 위해 흘렸던 눈물과
살아가기 위해 태웠던 열정이
그리운 시간이 있고
식어 버린 찻잔이
덩그러니 창밖을 보고 있고

이어령 선생님의 '序' 전시장에서

## 아름다운 관계

...

며칠 전 자정이 가까운 시간에 고교 동창으로부터 전화가 왔다.

"미희 넌 먼저 연락하는 적이 없어… 나 이번이 마지막으로 전화하는 거야. 앞으로 네가 연락 안 하면, 우리 관계도 끊어지는 거야."

졸음이 쏟아졌었는데 그 말을 듣는 순간 잠이 확 달아났다.

'왜? 다짜고짜 이런 말을 할까?'

살짝 기분이 언짢았지만, 그래도 사회복지사로 근무했던 경험들이 배어 있었던지 이 친구가 지금 마음이 아프구나 싶어 이야기를 들어주었다. 가족이며 친구며 본인이 연락을 안 했더니, 어쩜 두 주가 지났는데도 연락하는 사람이 한 사람도 없었다면서, 그 불통이 그래도 받아 줄 수 있을 거라는 믿음이 있었기에 나에게 날아온 것 같았다.

학창 시절 편지도 주고받으며 잘 지냈던 추억 그리고 결혼 전에도 한 번씩 만났던 기억들이 소중해 지금은 바쁘고 멀리 떨어져 살고 있다는 이유로 만나지 못하지만, 친구가 퇴직하면 노년에는 자주 만나 살아왔던 이야기 나누며 함께할 수 있을 거란 믿음을 가지고 있었다. 그리고 먼저 연락을 안 했던 것은 가정을 가지고 있는 친구에게 혼자 사는 사람으로서 할 말들이 한정되어 있다 보니 자연스레 연락을 기다리는 자리에 있을 수밖에 없었다.

좋은 인간관계를 유지한다는 것은 정말 어려운 일인 것 같다. 부모 자식 부부도 서로에 대해 몰라서 생기는 갈등들이 수없이 많은데 하물며 오랜 시간 다른 삶을 살았고, 살아가고 있는 그 예전 친구를 노년의 평생 친구로 생각하며 하염없이 기다리고 있는 내가 참 어리석다는 생각이 들었다.

인간관계는 결코 일방적인 배려일 수 없다.

좋은 관계일수록 조심하고 적당한 거리를 유지하는 것이 최선의 삶인 것 같다.

그리고 지금 이어 가고 있는 인연이 소중하며 최고의 아름다운 관계라 생각한다.

활동보조사 정문선 선생님과 함께

집필 중_국립중앙도서관에서

장애예술인 창작물 우선구매제도 토론회 참석

노을

하늘과 맞닿은 바다
시선이 멈추는 그 너머까지
붙잡고 싶은 애절한 마음

목줄을 타고 출렁거리는 아쉬움
산다는 것이 그런 것이라고
스스로 다독거리며 휘감는 외로움

붉은 두 볼 감싸고
하염없이
하염없이
넘어가는 순간

이 글을 통해 살아왔던 내 삶을 돌이켜보면서 시간에 순응하고 견뎌 냈기에 지금이 있는 것 같아 감사하며 앞으로 펼쳐질 미래 또한 거뜬하게 살아 낼 것이란 희망을 품어 본다.

고마움을 전할 분들이 많다.

생계를 위해 글을 못 쓰고 있을 때, 날 기억해 주고 이끌어 준 방귀희 회장님께 감사하다.

그리고 지방에 있는 아들 대신 도움이 필요할 때마다 연락하면, 싫은 내색하지 않고 고모 집을 방문해 주는 조카 설진성, 바쁜 와중에도 하루에 한 번씩 전화를 해 주며 안위를 걱정해 주는 서로가 친정인 언니 설희숙. 현재 한결같은 마음으로 성심성의껏 케어하는 활동보조사 정문선 선생님에게도 이 지면을 통해 감사함을 전한다.

서해바다 태안(지인 딸과 함께  떠난 초록 여행)

천리포 수목원(지인 딸과 함께  떠난 초록 여행)

**설미희**

한국방송통신대학교 국어국문학과 졸업

대한민국장애인문학상 심사위원
장애인일자리사업체험수기공모전 심사위원
방이복지관 문학강좌 강사
건국대 인액터스 동화하다 참여작가

2022년 제32회 구상솟대문학상
2009년 제19회 대한민국장애인문학상 대상

동화집 「바다와 소년」
소설집 「장애 콜, 신기사」
단편소설 〈그녀의 소리 없는 아우성〉
〈자원봉사자 정림〉
동화 〈아빠, 한강에 갈매기가 날아요〉
〈상민이의 하얀 체육복〉
〈새로운 내 짝 혜은이〉
〈아기 독수리의 비상을 꿈꾸며〉 등